YJ 9654

LA FILLE

LF

MADAME ROLAND

PLAGIAT

Avignon. — Imprimerie A. ROUX.

LA FILLE

DE

MADAME ROLAND

PLAGIAT

En deux actes, à peu près en vers

PAR

CLÉMENT JUSTET

AVIGNON

IMPRIMERIE ADMINISTRATIVE A. ROUX.

7, Rue Bouquerie, 7.

1875

A Mᴿ LE VICOMTE

HENRI DE BORNIER

Monsieur

C'est le sort des plus belles roses d'attirer seules les papillons.

On a travesti l'Enéide, on a parodié le Cid ; la Fille de Roland ne pouvait échapper à cette conséquence qui s'impose fatalement à l'apparition de tout chef-d'œuvre.

Veuillez donc ne pas considérer cet ouvrage comme un acte d'irrévérence, mais au contraire comme une preuve de mon admiration profonde.

Clément JUSTET.

Avignon, 1 Octobre, 1875.

ÉTAT-CIVIL ET SIGNALEMENT DES PERSONNAGES.

Mᵐᵉ ROLAND   Décédée : ne paraît pas dans la pièce.

AMAURI   Père roturier.— 50 ans. Physique et allures

CANULON   d'un épicier retiré des affaires.

GÉRARD   Fils d'Amauri — 20 ans ; mi-paysan, mi-cocodès.

CHARLEMAGNE   Avoué — 6J ans ; calvitie, lunettes d'or, cravate blanche et robe de chambre.

BERTHE   Nièce de Charlemagne — 18 ans ; allures de jeune pensonnaire avec une pointe d'audace.

Mᵐᵉ NAINE   Tante de Berthe ; — 45 ans, tenue d'un bas-bleu.

RADIVERT   Ancien précepteur de Gérard— un peu de pédanterie.

THEODULE   Bonne chez Amauri.

TRICHARD   Vieux clerc d'avoué — 60 ans — blanchi sous le harnais.

ANATOLE
RENARD   Jeunes clercs.
ANDRE

LA FILLE

DE

MADAME ROLAND

PLAGIAT

ACTE PREMIER.

Le salon de M. Amauri — Ameublement tenant le milieu entre
celui d'un salon et celui d'une salle à manger de petit bour-
geois . A droite, deuxième plan porte donnant sur le vestibule.
A gauche porte communiquant avec la cuisine. Dans le fond
une table avec un jeu de l'oie, un cornet et des dés.

SCÈNE PREMIÈRE.

RADIVERT, THÉODULE.

RADIVERT.

Je te crois. Cependant, Théodule, es-tu sûre
Qu'Amauri rentrera bientôt ?

THÉODULE.

            Je vous l'assure.
Monsieur, vous le savez, ne sort que rarement
Et, lorsqu'il est dehors, ne reste qu'un moment.

RADIVERT.

Eh bien, je vais l'attendre en ce cas.

THÉODULE.

A votre aise.
En attendant, tenez: veuillez prendre une chaise.
(Elle lui présente une chaise, et remonte vers le fond.)
Et, si jouer à l'oie est pour vous un plaisir,
Vous pouvez de l'attente occuper le loisir.
Voici le jeu, tout neuf.

RADIVERT.

Ma bonne, j'imagine
Que tu parles du jeu non de son origine.
Il fut, assure-t-on, par les Grecs inventé.

THÉODULE.

Je veux dire qu'on l'a récemment acheté.

RADIVERT.

Ah, très-bien ; je comprends.

THÉODULE.

Est-ce bien difficile
D'apprendre ce jeu là ?

RADIVERT.

Non, ma foi ! très facile
Au contraire.

(Il s'approche de la table et se place à droite, Théodule à
gauche.)

THÉODULE.

Comment fait-on, Monsieur ?

RADIVERT (Prenant le cornet et les dés.)

Voici:

On prend d'abord les dés : on les agite ainsi....

THÉODULE.

Après ?

RADIVERT.

Sur le tapis au hasard on les jette,
Puis on compte les points. Tu vois c'est assez bête.
Mais tu vas mieux saisir :

(Jetant les dés,)

Six et trois ça fait neuf.

THÉODULE.

Vous ne m'apprenez pas quelque chose de neuf.

RADIVERT.

Je marque ici mes points. C'est à ton tour de prendre
Le cornet.

THÉODULE (appercevant Amauri qui entre par la droite.)

Ah ! Monsieur ne s'est pas fait attendre.

(Elle sort.)

SCÈNE II

RADIVERT, AMAURI.

AMAURI.

Tiens ! Monsieur Radivert ! Ça va bien ?

RADIVERT.

Dieu merci !

Et ma santé n'est pas ce qui m'amène ici ;
Mais c'est de votre fils....

AMAURI.

Il aura fait sans doute
Quelque fredaine encor ? Parlez, je vous écoute.

RADIVERT.

Non pas précisément ; mais c'est un polisson
Auquel je perds mon temps à faire la leçon.
J'imagine qu'il a quelque projet en tête
Et serais peu suspris qu'il rêvat d'amourette.

AMAURI.

Ah, monsieur Radivert! Que m'apprenez-vous-là?
Il nous faut promptement y mettre le hola.
Que de s'amouracher il fasse la sottise
C'est peu de chose ; mais, s'il avait la bêtise
De vouloir épouser l'objet de son amour,
(Cette bêtise là, ça se voit chaque jour)
Songez, vous qui savez que mon nom véritable
Est Canulon, songez en quel affreux souci
Cela me plongerait, s'il en était ainsi;
Car ce nom que protège un oubli favorable
Il faudrait l'en tirer pour avoir mes papiers ;
Et sur moi je verrais une troupe d'huissiers
Se ruant à l'envi !... Malgré moi je frissonne
Rien qu'à.. Mais c'est assez. J'entends Gérard qui sonne.

RADIVERT.

Oh que non ! Ce n'est pas encore le moment
Car cet acte serait trop court assurément.
Vous devez au public encore une tirade.

AMAURI.

Tiens, c'est vrai ! J'oubliais. — A Brive-la-Salade
Je vivais des écus que j'avais amassés
Dans les peaux de lapin et les verres cassés.
J'avais vendu mon fonds, nourrissant l'espérance
De terminer mes jours tranquille, dans l'aisance ;
Mais Dieu ne voulut pas me donner ce bonheur.
J'étais né, paraît-il, pour jouer de malheur.
— Je pris un logement à mes besoins conforme
Et pour lequel je fis une dépense énorme :
Tout carreler de neuf et tapisser de frais,
Chambre-à-coucher, salon, salle-à-manger, cuisine...
J'ai regretté, depuis, d'avoir fait tant de frais ;
Car le Diable voulut que j'eusse une voisine..

RADIVERT.

Malheur !

(Il s'assied.)

AMAURI.

Cette voisine avait un perroquet
Bavard comme une pie, hargneux comme un roquet,
Et toute la journée il me fallait entendre
Le maudit animal criant à pierre fendre :

Si bien qu'on ne peut dire, après un mois passé
A quel point, Radivert, j'en étais agacé.

— Pour me débarrasser de la méchante bête
Je conçus, un beau jour, et roulai dans ma tête
Un sinistre projet. — Puis j'attendis la nuit
Trop lente à mes désirs.

RADIVERT.

Histoire triste et sombre !
Je vois d'ici le crime exécuté dans l'ombre.

AMAURI.

Elle vint. A tâtons je me glissai sans bruit
Chez ma voisine, et là, saisissant ma victime,
Je lui tordis le cou... Je perpétrai le crime.
Et puis je m'en revins dormir tranquillement
Sans du moindre remords éprouver le tourment
— Quand madame Roland, (c'est le nom de la dame)
Qui choyait cet oiseau du plus profond de l'âme,
Apperçut le cadavre elle pleura d'abord
Beaucoup, et puis jura sur les mânes du mort
D'en venger le trépas. — Le crime était palpable:
Il fut vite avéré que j'etais le coupable.

RADIVERT.

La dame porta plainte, incontestablement ?

AMAURI.

Hélas! Je protestai vainement d'innocence.

Et je.....

RADIVERT.

Des tribunaux quelle fut la sentence ?

AMAURI.

Ils me firent payer ma faute chèrement.
Je perdis le procès, l'appel, et fus en somme
A titre de dommage-intérêts condamné
A payer à la dame une très-forte somme.
Et les frais par dessus ! Bref j'étais ruiné.
Par bonheur mon esprit est en ruses fertile :
Sans rien dire, le soir, je sortis de la ville
Emportant mon argent, et je gagnai les bois
Afin de me soustraire aux rigueurs de vos lois.
En marchant, je songeais aux gens de la police
Sans nul doute après moi lancés par la justice ;
Et, tandis que j'errais, la nuit autour de moi
Epaisse pénétrait mon cœur d'un vague effroi
Peuplant l'obscurité de menaçants fantômes.
Dans tous les coins obscurs je croyais voir des hommes
Postés pour m'arrêter. — Je fuyais éperdu
Cherchant quelque abri sûr dans un sentier perdu.
Les branches, dans la nuit, me frappaient au visage,
Et, pour comble d'horreur, un formidable orage
Eclata tout-à-coup. A chaque nouveau pas
Je voulais m'arrêter..... et je ne l'osais pas.

— Enfin, sur le matin, la force m'abandonne ;

Je m'arrête épuisé..... quand soudain retentit
Une sinistre voix : « Par ces motifs, ordonne...»
Me criait cette voix, et l'écho me redit :
« Par ces motifs, ordonne..... ». Alors, levant la tête,
Je vis avec terreur surgir de la tempête,
Dans la profonde nuit qui m'entourait partout,
Le spectre d'un huissier immobile, debout.
A cet horrible aspect, je flageole et succombe :
Raide comme un cadavre, inanimé je tombe.
— Quand je revins à moi le jour brillait aux cieux
Et les bois à l'entour étaient silencieux.
Je me lestai d'abord en cassant une croute
Et repris mon baton, mon courage et ma route.
Enfin, dans ce pays j'arrivai tout meurtri
Et j'y vis depuis lors sous le nom d'Amauri
Me cachant.

RADIVERT.

Votre fils a-t-il eu connaissance....?

AMAURI.

Non : ce temps était trop voisin de sa naissance
Il ignore ces faits. J'ai préféré garder
Le secret. Les enfants aiment à bavarder.

SCÈNE III

LES MÊMES, GÉRARD, BERTHE.

(Gérard entre par la porte de droite et s'arrête à mi-chemin
de la rampe.—Berthe le suit et sarrête plus en arrière encore.
Tous les deux portent la tête baissée d'un air suppliant.)

AMAURI.

Ah ! te voilà mon fils! Et cette demoiselle?

GÉRARD.

Mon père écoute-moi — C'est Berthe qu'on l'appelle.
— Depuis un jour déjà lointain, que je bénis,
L'un à l'autre nos cœurs par l'amour sont unis.
Je t'avais jusqu'ici, dissimulant ma flamme,
Soigneusement caché ce secret de mon âme.
Le moment est venu de t'en faire l'aveu :
Etre l'époux de Berthe est mon unique vœu.
Même, ne pouvant plus séparé d'elle vivre,
Je l'ai déterminée à s'enfuir pour me suivre.

AMAURI.

Que dis-tu, malheureux? C'est un enlèvement !

GÉRARD.

Puisque l'hymen doit nous....

AMAURI.

                    Sans mon consentement?

GÉRARD.

Mais tu le donneras.

AMAURI.

                    Du tout. Je le refuse.

GÉRARD.

Mais mon père.....

AMAURI (avec emportement.)

Tais-toi, fils, tu n'es qu'une buse.
Et vous, mademoiselle....

GÉRARD.

Oh! papa....

AMAURI.

Vous allez
Décamper... Je ne vous connais pas... Vous voulez
Que, sans même savoir quelle est votre famille,
Votre nom, votre dot, je vous reçoive ici ?
A-t-on jamais vu ça ?... D'où venez-vous ?...

BERTHE.

Voici :
De madame Roland je suis l'unique fille.
A Brive-la-Salade elle vivait.

AMAURI.

Oh cieux !

RADIVERT (à demi-voix à Amauri.)

Amauri! Votre trouble éclate à tous les yeux :
Vous allez vous trahir.

AMAURI (Même jeu.)

Ah ! Ces noms de Roland
De Brive-la-Salade en mon âme soulèvent
D'invincibles terreurs... Et nos enfants s'enlèvent!
Pouvait-il m'arriver un coup plus accablant?
Je voudrais demander des détails... et je n'ose.

(Après quelques hésitations : haut.)
Comment avez-vous fait connaissance ?

GÉRARD.

La chose
Est facile à comprendre : elle était au couvent
De sœurs de cette ville, et je passais souvent
Dans son quartier. Un jour, par la fenêtre ouverte
Un ange m'apparut. Cet ange c'était Berthe.
Je l'entrevis à peine et j'en fus amoureux.

RADIVERT (à part.)

Quel étrange pouvoir a donc sur nous la femme
Pour remuer aussi profondément notre âme ?

GÉRARD.

Je repassai souvent depuis ce jour, heureux
Quand je pouvais parfois, lancer du coin de l'œil
Quelques signes auxquels on faisait bon accueil.

RADIVERT (à Berthe.)

A votre âge ! Au couvent !

BERTHE.

Vous ne savez pas comme
Cela vous fait rêver dans les couvents : un homme !
Et quand j'ai vu Gérard, malgré moi, tout-à-coup,
Ça m'a pris : j'ai senti que je l'aimais beaucoup.
Puis il faut dire aussi que les sœurs nous haïssent;
Méchantes, tout le jour elles grondent, punissent,
Et Gérard lui m'aimait

(à Gérard.)

Va! dès le premier jour
J'avais compris, j'avais deviné ton amour.
Mais je t'aimais aussi, moi. Pour te le prouver
J'ai sauté d'un premier pour venir te trouver.

GÉRARD (enlançant Berthe.)

Berthe, Berthe chérie ! Ah! Je ne saurais dire
Quel est en ce beau jour mon trouble et mon délire.
Est-il un autre vœu que je puisse former
Que celui de toujours et de toujours t'aimer?
Berthe ! Si tu pouvais mesurer ma tendresse
Et lire dans mon cœur ! Il déborde d'ivresse.

BERTHE (avec transport.)

Mon Gérard !

(Ils s'embrassent.)

AMAURI.

Ah ça! mais, quand vous aurez fini.

GÉRARD.

Laisse-nous marier, ô mon père !

AMAURI (résolument.)

Nenni.

GÉRARD.

Mais tu ne vois donc pas de quel amour je l'aime?
Pouvais-je rencontrer un jour tant de beauté
Sans en être ébloui ? Qui donc eût résisté ?
Regarde-la, mon père, et prononce toi-même.

AMAURI.

Tu voudrais m'attendrir; mais je suis cuirassé
Et tu peux renoncer au rêve caressé.
J'ai dit non et c'est non.

GÉRARD (à part.)

Quels monstres, les papas !

(haut.)

As-tu quelques raisons que je ne connais pas ?

AMAURI.

J'ai que je ne veux point.

RADIVERT (bas à Amauri.)

Cherchez donc un pretexte;
Du possible refus des autres prenez texte.

AMAURI (à part.)

C'est une idée.

(haut à Gérard.)

Ecoute : en m'obstinant ainsi,
De tes intérêts seuls, mon fils, je prends souci.
Si des parents de Berthe émanait le refus
(Cela peut arriver) tu serais trop confus.
De madame Roland,

(à part.)

Mon ancienne voisine,

(haut.)

As-tu l'assentiment ? Dis.

BERTHE.

Je suis orpheline

Et de père et de mère.

AMAURI.

Eh bien, votre tuteur !

BERTHE.

Il fait ce que je veux ; ainsi n'ayez pas peur.

GÉRARD.

Tu vois, mon père, il faut absolument se rendre.

AMAURI (s'emportant.)

Tiens ! Fiche-moi la paix ! Allez vous faire pendre.

GÉRARD (s'emportant aussi.)

Eh bien ! Je te ferai mes actes de respect.

AMAURI.

Sortez! Monsieur, sortez !

(Gérard sort — Berthe le suit.)

SCÈNE IV

AMAURI, RADIVERT, puis THÉODULE.

AMAURI.

Quel menaçant aspect

Prend tout ceci, mon Dieu ! Je ne sais comment faire.

Tâchez donc, Radivert, d'arranger cette affaire.

RADIVERT.

Sous le nom d'Amauri, ne pouvez-vous tenter,

Affublé d'un faux nez, d'aller vous présenter
Chez le tuteur de Berthe ? Et, peut-être, vous même
Trouverez-vous là-bas quelque heureux stratagème
Pour sortir d'embarras.

AMAÜRI.

Assez ! J'entends venir.

THÉODULE (sur le seuil de la port.)

Une dame demande à vous entretenir
Sans témoins. Elle a dit son nom : Madame Naine.

AMAURI.

Oh ciel !

RADIVERT.

Quoi donc!

AMAURI.

La sœur de madame Roland !

RADIVERT.

Je comprends votre effroi.

AMAURI.

Je suis tout chancellant.

RADIVERT.

Votre crainte, Amauri, peut-être est-elle vaine!
De l'audace ! Si c'est un hazard imprévu
Qui l'amène, depuis qu'elle ne vous a vu
Cette dame pourra ne pas vous reconnaître.

AMAURI (avec résignation.)

Allons ! Faites entrer.

(Théodule sort.)

RADIVERT (se reculant vers la porte.)

Et surtout soyez maître
De vous.

AMAURI.

Je le serai. Je tâcherai du moins.

(Radivert s'afface devant madame Naine pour la laisser entrer
Madame Naine le suit des yeux jusqu'à ce qu'il ait franchi
la porte.)

SCÈNE VI

AMAURI, Mad. NAINE, puis THÉODULE.

MAD. NAINE.

J'ai désiré, Monsieur, vous parler sans témoins,
Car un grave sujet m'amène auprès de vous,
Et ce que je dirai doit rester entre nous.

AMAURI (à part.)

Je suis sur des charbons.

MAD. NAINE.

Ma nièce....

AMAURI (à part.)

Je respire !
(haut.)

Madame, je prévois ce que vous allez dire.

MAD. NAINE.

Je viens de Brive ici, chaque mois, pour la voir;
Quand j'arrive, aujourd'hui, l'on m'annonce au parloir
Qu'elle s'est évadée. Aussitôt je m'enquiers,
J'apprends qu'elle est ici...

AMAURI.

C'est vrai.

MAD. NAINE.

Je vous requiers
Et vous somme, en ce cas, d'avoir à me la rendre.

AMAURI.

Vous me faites plaisir en venant la reprendre.

(Appelant.)

Théodule ! Appelez les enfants.

(Théodule à cet appel entre par la porte de gauche et sort par
celle de droite.)

Vous pouvez
Encore avoir le train direct si vous voulez.

MAD. NAINE.

Mais je ne puis partir, vous devez le comprendre,
Avant que votre fils soit devenu mon gendre.
Pour couper court au bruit que fait l'événement
Il faut qu'un prompt hymen suive l'enlèvement.
Donc...

AMAURI.

Ah, mais non!

MAD. NAINE.

Quoi, non ?

AMAURI.

           Je m'oppose à cet acte
Remportez votre nièce; elle est encore intacte
Et...

MAD. NAINE.

Vous n'y pensez pas ! La reprendre, à présent,
Comme cela, sans plus ? Ce n'est pas suffisant.
Pour réparer l'affront fait à notre famille
Il faut que votre fils épouse...

AMAURI.

           Cette fille ?
Jamais.

MAD. NAINE.

Vous avez tort d'être ainsi, croyez-moi.
Je suis sœur d'avoué. Nous connaissons la loi:
Cas de détournement d'une fille mineure,
Article cent et tant.... Je vous mets en demeure
D'épouser, ou sinon...

AMAURI (à part.)

           Quelle impasse, grands Dieux !
Que faire ? résister ? C'est ma perte certaine.
Paraître consentir vaut assurément mieux,
Quitte à rendre, plus tard, cette promesse vaine.

(Gérard et Berthe entrent accompagnés par Théodule.)

SCÈNE VI

LES MÊMES, GÉRARD, BERTHE, THÉODULE

(Pendant toute la première partie de cette scène, Théodule entre et sort par la porte de gauche, occupée à dresser le couvvert.)

AMAURI (haut.)

Eh bien soit ! Je consens.

GÉRARD.

Ah, mon père, merci !

AMAURI.

Toi, tu peux te vanter de me mettre en souci.

(à Théodule.)

Théodule ! ajoutez deux couverts à la table.

THÉODULE (à demi-voix.)

Mais le dîner, Monsieur, n'est guère présentable.

AMAURI (même jeu.)

Vous prendrez quelque chose à l'hôtel le plus près :
Voici quarante sous —Nous compterons après.

MAD. NAINE(apperçevant Berthe,)

Ma nièce, te voilà ! Tu fais de belles choses !
Fi donc! Va, cache-toi. Je comprends que tu n'oses
Pas relever la tête. Attends! Quand nous serons
Seules je te dirai deux mots.

(Théodule rentre apportant le potage.)

AMAURI.

Nous passerons
A table, maintenant, si vous voulez madame.

MAD. NAINE.

Ce sera le dîner des fiançailles.

GÉRARD (servant Berthe.)

Mon âme

Veux-tu beaucoup de soupe ?

BERTHE.

Oh ! lorsque tu me dis
De ces choses, Gérard, je suis au paradis.
Il m'appelle « son âme». Oh ! que je suis contente

GÉRARD.

C'est que je t'aime tant.

(Il lui offre à boire.)

BERTHE.

Mais sers d'abord ma tante.

MAD. NAINE.

Facilement, je crois, nous tomberons d'accord
Au sujet de la dot. La petite a d'abord.....

AMAURI.

Pour traiter de cela l'heure n'est pas propice.
Parler affaire à table est, je trouve, un supplice.
Ne songeons qu'au plaisir, et, pour qu'il soit complet,
Gérard va nous chanter quelque joli couplet.

GÉRARD.

Moi? Mais je n'en sais point.

AMAURI.

Cette chanson normande?

BERTHE.

Ne fais pas de façons. Puisqu'on te le demande,
Chante.

GÉRARD.

Je ne sais rien par cœur, bien sûr.

BERTHE.

Menteur!

Et le joli rondeau dont je te sais l'auteur!

GÉRARD.

Eh bien soit! puisque tel paraît votre désir
Je vais chanter;

(à Berthe.)

Mais c'est pour te faire plaisir.

(Il chante.)

» Deux femmes, ici bas, resteront immortelles.
» Qui furent toutes deux amoureuses et belles;
» Toutes deux de l'amour connurent les transports
» Et les fougueux désirs dont il agite l'âme;
» Mais si leur cœur brûla d'une pareille flamme
      » Bien différents furent leurs sorts.

      » L'une s'appelait Juliette;
      » Roméo partageait ses feux;

» L'autre, Héloïse, la pauvrette,
» Eut Abélard pour amoureux.

» Cet amant tendre, mais morose,
» Et toujours calme en ses désirs
» Se montrait, hélas ! et pour cause
» Ennemi de certains plaisirs.

» De Juliette moins rebelle
» A ces plaisirs était l'amant ;
» Et chaque nuit n'était pour elle
» Qu'un long et doux enivrement.

» Tandis qu'heureuse Juliette
» Trouvait au gré de son amour
» Trop matinale l'alouette
» Dont les chants annonçaient le jour,

» D'Abélard la pauvre maîtresse
» Seule en ces belles nuits d'été
» Ne goûtait qu'en rêve l'ivresse
» De leurs heures de volupté.

» Ces femmes, cependant, resteront immortelles
» Qui furent toutes deux amoureuses et belles,
» Pour avoir de l'amour connu les doux transports
» Et les fougueux désirs dont il agite l'âme,
» Et pour avoir brûlé d'une semblable flamme
» Bien qu'ayant eu différents sorts. »

(Pendant que Gérard chante M⁰ᵉ Naine cause à voix basse avec
Amauri. — S'approchant quand Gérard a fini.)

MAD. NAINE.

Ah ! c'est de vous cela ? Je vous en félicite.
— Mais il nous faut partir. — Prépare-toi, petite.

(à Amauri.)

Ainsi, c'est entendu. Je vous attends demain.

AMAURI (avec effort.)

Entendu.

MAD. NAINE.

Nous pouvons donc nous serrer la main.
N'y manquez pas au moins.

AMAURI.

Madame ! Dieu m'en garde !

(à part, quand Mme Naine lui prend la main.)

L'âme du perroquet peut-être nous regarde.

FIN DU PREMIER ACTE.

ACTE DEUXIÈME.

Le cabinet de M° Charlemagne : ameublement confortable. Au
fond porte communiquant avec l'étude qui sert d'antichambre.
A droite, deuxième plan [porte conduisant aux appartements ;
à gauche fenêtre. Sur le premier plan, à droite un bureau,
à gauche une cheminée. — Au lever du rideau, Trichard
assis et Renard debout se chaufent, tandis qu'Anatole et
André font de l'escrime avec des règles.

SCÈNE PREMIÈRE
TRICHARD, RENARD, ANATOLE, ANDRÉ.

TRICHARD.

C'est assez, vous, là-bas. Finissez votre escrime ;
Vous faites un tapage assourdissant.

ANATOLE.

                Quel crime !

TRICHARD.

Raillez ! Si le patron vous entend il viendra
Et vous verrez un peu, lui, ce qu'il en dira.

RENARD.

Vous disiez donc, Trichard, (ce récit m'intéresse)
Qu'il avait décampé sans laisser son adresse.

TRICHARD.

Contre ce Canulon, armé d'un jugement,
J'allais instrumenter, lorsque subitement
Il disparait; mais là! sans laisser plus de trace
Qu'un oiseau dans les airs.

RENARD.

Moi je trouve cocasse
Qu'on n'ait pu savoir où cet homme s'est caché.

TRICHARD.

Cependant avec soin longtemps on a cherché,
Comme bien vous pensez, car la somme etait ronde.

RENARD.

Est-ce bien vieux, cela?

TRICHARD.

Vous n'étiez pas au monde
Encore, et moi j'étais alors chez un huissier
Avant d'entrer ici pour clerc. Dans le dossier
Vous pouvez voir mon nom au bas de mainte piéce.
— Or comme le patron va marier sa nièce
Dont la dite créance est le plus gros apport...

RENARD.

Ah! Très-bien. Maintenant je saisis le rapport....
Cette dame Roland de Berthe était la mère?

TRICHARD.

Et monsieur Charlemagne était son propre frère

(S'adressant aux autres clercs.)

Mais avec tout cela, mes amis, savez-vous
Le travail se fait peu.

ANATOLE.

Le patron!

TOUS.

Sauvons-nous.

(Ils sortent précipitemment par la porte du fond. tandis que
Charlemagne et Mad. Naine entrent par la droite.)

SCÈNE II

CHARLEMAGNE, MAD. NAINE

MAD. NAINE.

Mon frère, vous pensez que de cette créance
Il faut faire son deuil ?

CHARLEMAGNE.

Il n'est plus d'espérance
A ce sujet. J'ai fait, tu le sais, mon devoir
Et d'oncle et de tuteur jusqu'au bout, sans pouvoir
Malgré tous mes efforts, recouvrer cette somme
Ni même découvrir où se cachait notre homme.
Hélas ! Tout dégénère, et dans le monde entier
Il n'est plus un recors qui sache son métier.
Vivre en des temps pareils est une triste veine.
Un recors d'autrefois n'aurait pas eu de peine
A fourrer le grapin sur notre Canulon ;
Mais les hommes du jour ne vont pas au talon

Des hommes d'autrefois. Où sont ces grands artistes
Du temps passé dans l'art de retrouver les pistes?
C'était plaisir, ceux-là, de les voir travailler ;
Sur un homme à saisir comme ils savaient veiller!
On les croyait fort loin et, crac, de dessous terre
Ils surgissaient. D'un bond, prompts comme la pan-
(thère,
Ils sautaient sur leur proie et le coquin surpris
Se trouvait arrêté avant qu'il eut compris.
Mais de ces hommes-là la race s'est éteinte
Et dans ce triste siècle....

MAD. NAINE.

Abrégeons la complainte.
Autre chose, d'ailleurs, me donne du souci :
C'est de voir qu'Amauri n'est pas encore ici.
Il m'avait bien promis pour le lendemain même !
Deux mois sont écoulés, et ma peine est extrème.

CHARLEMAGNE.

Rassure-toi, ma sœur ; tu connais le motif
D'un retard prolongé dont-il n'est pas fautif.
Juste comme ils allaient tous deux se mettre en route
Le père est, tout-à-coup, pris d'un accès de goutte...

MAD. NAINE.

Puis, quelques jours après, ce furent les maçons...
Je trouve, pour ma part, fort louches ces façons.
Catégoriquement il faut qu'il se prononce.

CHARLEMAGNE.

A ma dernière lettre il n'a pas fait réponse
Encore et, malgré moi, je l'attends pour ce soir ;
C'est un [pressentiment.

MAD. NAINE.

     Ce n'est pas un espoir.

SCÈNE III
LES MÊMES, GÉRARD.

TRICHARD (annonçant par la porte du fond.)

Monsieur Gérard.

CHARLEMAGNE.

     Tu vois ! J'avais raison, ma chère.

(Gérard entre.)

MAD. NAINE.

Vous arrivez tout seul ? Et monsieur votre père ?

GÉRARD.

Vous le verrez, madame, ici dans un moment.
Comme un cor le faisait souffrir énormement
Il a voulu, d'abord, pour changer de chaussure
S'arrêter à l'hôtel.

MAD. NAINE (à part.)

     Allons je me rassure.

CHARLEMAGNE.

Et vous, on le comprend, vous, plus intéressé,

Avez pris les devants, amoureux empressé,
Afin d'être plus tôt près de votre future.

GÉRARD.

Non ; mais nous avions pris à l'heure une voiture
En descendant du train, et, pour en profiter,
Je suis venu, laissant mon père s'arrêter.

CHARLEMAGNE.

C'est pensé sagement.

MAD. NAINE.

Sans tarder davantage
A ma nièce venez présenter votre hommage.

(Ils sortent par la droite.)

SCÈNE IV

AMAURI, TRICHARD (entrant par le fond.)

(Amauri porte une fausse barbe.)

TRICHARD.

Entrez ici, monsieur, je vais le prévenir.

AMAURI.

Seul surtout, n'est-ce pas?

(Trichard sort par la droite.)

Je n'osais pas venir.
C'est que les avoués ont d'affreuses mémoires.
Vainement j'ai tenté de forger des histoires,
Mais on n'y coupait plus. Alors de Radivert

J'ai suivi le conseil. Serai-je découvert
Sous mon déguisement ?

TRICHARD (rentrant.)

                  Près de son futur gendre
Le patron occupé vous fait prier d'attendre.

(Il sort par le fond.)

AMAURI.

Découvert ? Et pourquoi ? N'ai-je pas tout prévu
Pour ne pas rencontrer ici ceux qui m'ont vu
Depuis trop peu de temps et trouveraient étrange
La barbe que voilà ?

(Ce disant il enlève sa fausse barbe.)

                Jusqu'ici tout s'arrange
Au gré de mes désirs.

SCÈNE V

AMAURI, CHARLEMAGNE.

Charlemagne entre : Amauri se retourne au bruit et recon-
naissant Charlemagne il veut replacer sa barbe, mais il n'en
a pas le temps.

CHARLEMAGNE (saisissant le bras d'Amauri.)

Canulon !

AMAURI.

Aï ! Pincé !

CHARLEMAGNE.

Canulon ! Quel vertige ici t'a donc poussé ?

Scélérat, mais naïf, tu te disais peut-être
Que j'allais, te voyant, ne pas te reconnaître,
Quand de toi je parlais encore ce matin !
Cette fois je te tiens et bénis le destin
Qui donne à mes vieux jours cette gloire suprême
De t'avoir reconnu malgré ton stratagème.

SCÈNE VI
LES MÊMES, GÉRARD.

GÉRARD.

Ah! te voilà, papa?

CHARLEMAGNE.

Votre père, Amauri ?

GÉRARD.

Sans doute.

CHARLEMAGNE.

Votre père? Ah ! je suis ahuri.

GÉRARD.

De grâce expliquez-moi quel est donc ce mystère !

CHARLEMAGNE.

Ce n'est pas Amauri qu'on nomme votre père.

GÉRARD.

O ma mère !

AMAURI.

Gérard ! mon fils ! Pour ton auteur

Ce premier cri n'est pas précisément flatteur.
Ecoute jusqu'au bout.

GÉRARD.

Ah non pas ! sur ma vie !
D'en apprendre plus long je n'ai la moindre envie.

AMAURI.

Ecoute.

GÉRARD.

C'est là plus que je n'en veux savoir
Si ma mère envers vous a trahi son devoir.
— Et moi qui, jusqu'ici tenu dans l'ignorance,
D'hériter de vos biens nourrissais l'espérance !

AMAURI.

Gérard !

GÉRARD.

Ne parlez pas. N'arrachez pas le fer.
Ah ! le coup qui me frappe est rude.

AMAURI (avec colère.)

Par l'enfer !
La supposition que tu fais est infâme.
Ta mère fut toujours une très brave femme.
Au surplus ce n'est pas d'elle ici qu'il s'agit.

GÉRARD.

Ah ! Je ne comprend plus alors.

AMAURI.

Mais on te dit
D'écouter jusqu'au bout.

GÉRARD.

Bon. J'écoute en silence.

AMAURI.

Mon nom est Canulon. Des raisons de prudence
En celui d'Amauri me l'avaient fait changer,
Car le vrai présentait pour moi quelque danger ;
Et rien dans le propos de monsieur Charlemagne
N'excuse les soupçons que, battant la campagne,
Ton esprit aussitôt se forgeait sottement.

GÉRARD.

C'est vrai, père, j'ai tort. Sur le premier moment
Je n'avais pas compris, et j'ai cru que ma mère...
Enfin n'en parlons plus.

CHARLEMAGNE.

Et vous êtes son père !
O Destin ! Tu te ris du pauvre genre humain
Et nous ne sommes tous qu'un jouet dans ta main !
Tout-à-l'heure j'étais fier de ma découverte,
Espérant recouvrer la créance de Berthe,
Sans ma douter, hélas ! que son futur mari
S'appauvrirait d'autant... puisqu'il est Amauri.
— Si je la refusais à Gérard ?... Elle l'aime !
Et cet enlèvement !... Embarrassant problème :

L'oncle dit une chose, une autre l'avoué.
— O Dieu de la chicane auquel je suis voué
Inspire en cet instant ton disciple fidèle.

(Pendant cette tirade Amauri et Gérard causent
à voix basse.)

AMAURI.

Maintenant tu sais tout.

GÉRARD.

Déplorable nouvelle !
Nous débiteurs de Berthe !... A parler frachement
Je ne suis plus épris comme au premier moment.
Malgré tous les signaux par nous mis en usage
Je n'ai connu longtemps d'elle que le visage ;
Par ses lettres, depuis, j'ai pu la mieux juger,
Et comptais en venant, ici me dégager
Si l'on ne m'offrait pas une dot suffisante
Pour me dédommager. J'ai fait causer la tante.
Sur ce qu'elle m'a dit je voulais refuser...
Et me voila contraint, maintenant, d'épouser !

SCÈNE VII

LES MÊMES, TRICHARD, ANATOLE
puis BERTHE.

CHARLEMAGNE (sortant de sa rêverie.)

Maître-clerc ! Apprêtez ce qu'il faut pour écrire.
Vous! allez chercher Berthe ; ici je la désire.

(Anatole sort et rentre bientôt suivi de Berthe).

— Au projet que voici je me suis arrêté :
Sous le régime dit de la communauté
Nous allons marier les enfants.

AMAURI.

Et par suite
Enlever tout prétexte à plus ample poursuite ?

CHARLEMAGNE.

Si cet arrangement par tous est accepté
Vous aurez sur ce point toute sécurité.
Aucun intéressé ci-présent ne s'oppose ?

AMAURI.

J'adhère de grand cœur.

CHARLEMAGNE (à Gérard.)

Vous aussi, je suppose ?

GÉRARD.

Comment se pourrait-il qu'il en fût autrement ?

CHARLEMAGNE.

Berthe ! Il ne manque plus que ton assentiment
Pour dresser le contrat.

BERTHE.

Qu'est-ce qui vous arrête ?
N'est-il pas tout donné ? Faut-il que je répète
Que Gérard de mon cœur sut trouver le chemin.
Et que je suis heureuse en lui donnant ma main ?

ANATOLE.

Arrétez ! J'aime Berthe.

CHARLEMAGNE.

Ah ! l'impudence est rare !

ANATOLE.

Foi d'Anatole ! A tous ici je le déclare :
Personne, moi vivant, ne sera son mari.
Donc, si tu ne veux pas que je cogne, Amauri,
Tu n'as qu'à décamper.

GÉRARD.

Je crois qu'il me provoque !

TRICHARD.

Ce qu'il a dit n'est pas, ce me semble, équivoque.

GÉRARD.

Mais j'en mangerais dix comme toi, moucheron.

ANATOLE.

Vrai, tais-toi ; car ta peur sous cet air fanfaron
Se dissimule mal.

GÉRARD.

Ma peur? Si je me fâche...

ANATOLE.

Eh bien, fâche-toi donc, si tu n'es pas un lâche
Et descends.

GÉRARD.

Il te faut, je vois, une leçon
Je vais te la donner et de rude façon.

(Ils sortent par le fond.)

SCÈNE VIII

LES MÊMES, moins GÉRARD et ANATOLE.

BERTHE.

O mon bon oncle ! Ils vont se faire mal peut-être.
Arrêtez-les, criez... Là, de cette fenêtre.

(Elle court vers la fenêtre.)

Ah ! les voilà !

(Elle recule et tombe à genoux.)

Mon Dieu je vous prie à genoux :
Ecoutez-moi, Seigneur ! Protégez mon époux.

CHARLEMAGNE (à la croisée.)

Comme un fou, sur Gérard Anatole s'élance.
Il recule... revient... La bataille commence...
Les premiers coups de poing s'échangent.

BERTHE (à la croisée aussi.)

Mon cœur bat.

CHARLEMAGNE.

Gérard chancelle et tombe.

BERTHE (se reculant.)

Oh ! l'horrible combat !

CHARLEMAGNE.

Non. C'était une feinte habile. Il se redresse,
Bondit sur son rival. Avec beaucoup d'adresse
Il l'étreint, le terasse. Il semble... Il est vainqueur.

SCÈNE IX

LES MÊMES, GÉRARD, RENARD et ANDRÉ.

BERTHE.

Merci, Seigneur, merci !

(Se précipitant vers Gérard qui entre.)

Dans mes bras, sur mon cœur,
O mon Gérard ! Je suis heureuse autant que fière
De toi... Va ! Dieu devait écouter ma prière.
—Mais je parle...... Tu n'as pas eu de mal, au moins?

GÉRARD.

Peuh !

CHARLEMAGNE.

Gérard approchez. — Vous tous soyez témoins.
— Vous venez de montrer une rare vaillance
Que la main de ma nièce en soit la récompense ;
Et l'on va, sans retard, en ce jour solennel
Consacrer votre hymen au pied du Saint-autel,
Je vais tout préparer.

(remettant un papier à Amauri.)

Vous ! de votre créance
En bonne forme, ici, je vous remets quittance.

Ainsi donc sur ce point n'ayez plus de souci ,

(Il sort, pour rentrer sur les derniers mots d'Amauri.)

AMAURI.

O mon Gérard, mon fils! oh mille fois merci !
Tranquille désormais. C'est par toi qu'est rendue
A mes vieux ans la paix, depuis longtemps perdue.
Sans toi mes jours seraient encore empoisonnés
Par le supplice auquel ils étaient condamnés
D'être toujours au guet, toujours sur le qui-vive,
Toujours les yeux ouverts et l'oreille attentive,
D'avoir peur de la nuit, d'avoir peur du soleil,
Et de ne pas goûter une heure de sommeil.
Maintenant, rassuré, je pourrai sans contrainte
Me montrer au grand jour et m'endormir sans crainte.
Plus de terreurs, d'effrois, d'angoisses ! C'est fini !
Je te devrai cela, mon fils ! Oh, sois béni!
— Je ne puis que souscrire, après un tel service
A ce que tu feras. Quel que soit ton caprice
D'avance je l'approuve et le dis hautement :
On peut être assuré de mon consentement.
— Et maintenant, messieurs, bonsoir. Je me retire
N'ayant ici plus rien à faire ainsi qu'à dire.

(Il sort.)

SCÈNE X
LES MÊMES moins AMAURI.

CHARLEMAGNE.

Vous avez entendu. Tout ce qui sera fait

Il l'approuve d'avance ; ainsi donc, c'est parfait.
Dès demain vous serez, Gérard, l'époux de Berthe.

GÉRARD.

Mais je refuse, moi, la main qui m'est offerte.

BERTHE.

Oh ciel ! que dit-il donc ?

CHARLEMAGNE.

         Quel coup inattendu ?

BERTHE.

Ce n'est pas lui qui parle ou j'ai mal entendu !
Est-ce bien toi, Gérard ? Est-ce toi qui refuses ?
Mais ce refus serait sans motifs, sans excuses.
Ne m'aimes-tu donc plus ?

GÉRARD.

           Devant tous, devant toi
Laisse-moi m'expliquer ainsi que je le doi.
Berthe ! Tu sais combien je t'aime et je t'adore
Et je n'ai pas besoin de le redire encore.

BERTHE.

Tu repousses ma main et tu m'aimes toujours,
Dis-tu ?

GÉRARD.

     J'ai réfléchi durant ces derniers jours :
Si l'amour peut suffire aux appétits de l'âme,
Le corps veut du solide; il demande, réclame
La satisfaction de ses grossiers besoins...
Et pour être amoureux on n'en mange pas moins.

BERTHE.

Arrête. C'est assez. Je crains de trop comprendre
A quels mesquins calculs ton âme ose descendre.

CHARLEMAGNE.

Vous adhériez naguère, au moins tacitement;
Ma nièce n'était pas plus riche en ce moment.

GÉRARD.

Mais naguère j'étais sous votre dépendance
Car mon père pouvait être alors ruiné
Par un seul mot de vous; je me suis incliné ;
Et devant le danger j'ai gardé le silence.
Maintenant...

CHARLEMAGNE.

Mais je peux encore vous...

GÉRARD.

Pardon !

Mais vous-même avez fait de plein gré l'abandon
Du titre établissant vos droits à nous contraindre
Et, de vous, désormais, n'ayant plus rien à craindre
Je refuse l'hymen que vous me proposez.

CHARLEMAGNE.

Un cynisme pareil me confond. — Vous osez
A cette heure, invoquer des raisons de fortune !

GÉRARD.

Eh ! Dam !

BERTHE.

Et sans pitié pour ma douleur aucune,

Sans de mon désespoir avoir moindre souci,
Sans regrets, sans rémords, il m'abandonne ainsi !
(Tombant en pleurs aux genoux de Gérard.)
Mais si je dois te perdre, il faudra que je meure !
Je suis à tes genoux; tiens, vois, Gérard, je pleure.

GÉRARD.

Je suis bien résolu.

BERTHE.

Tu veux donc mon trépas !

GÉRARD.

Tous les pleurs de tes yeux ne m'ébranleront pas.

BERTHE.

O mon oncle, à mon aide! Il résiste à mes larmes.

CHARLEMAGNE.

Et de mes propres mains, sot ! j'ai brisé mes armes !

GÉRARD (narquois.)

A l'avenir, monsieur, soyez plus circonspect
Et restez assuré de mon profond respect.

TRICHARD (aux deux clercs.)

Cet homme est fort, messieurs, il faut le reconnaître:
Le patron s'est laissé rouler de main de maître.

FIN.

www.ingramcontent.com/pod-product-compliance
Lightning Source LLC
Chambersburg PA
CBHW061711180626
46818CB00003B/1349